Hersteller / Manufacturer (GPSR)
Storylution GmbH, Biberstraße 5, 1010 Vienna, Austria
E-Mail: story.one@story.one

Nadine Rentmeister

SPÜLSAUMFRAU

story.one – Life is a story

1st edition 2024
© Nadine Rentmeister

Production, design and conception:
story.one publishing - www.story.one
A brand of Storylution GmbH

Font set from Minion Pro, Lato and Merriweather.

© Cover photo: privat

© Photos: privat

Lektorat: Lars Rentmeister

ISBN: 978-3-7108-3249-9

Für meine Familie

"Ich bin verwurzelt, aber ich fließe."
Virginia Woolf

INHALT

Prolog

Madame Benoît ist mit dem Zug angereist. Sie ist sich nicht sicher, ob sie das Reisen mit dem Zug mondän oder trist findet. Der Abfahrtsbahnhof verheißt Zweiteres, der Ankunftsbahnhof, der zugleich Hafen ist, Ersteres. Madame Benoît mag es durchaus, ihre Habseligkeiten auf einen Koffer und eine Tasche zu beschränken. Viel weniger mag sie es aber, zu einem nicht von ihr gewählten Zeitpunkt, die Lesebrille abzusetzen, das Buch zuzuschlagen und Zugtüren mit Gepäck im Arm umständlich zu öffnen. Sie mag ihren Sitzplatz am Fenster, nicht aber die vielen Menschen und Geräusche um sie herum. Madame Benoît kann somit immer noch keine eindeutige Aussage zum Zugreisen treffen.

Sie unternimmt diese Reise zum ersten Mal und alleine. Das Reisebüro ist weder ein mit Pappaufstellern und Katalogen überladenes Ladenlokal noch ein digitales, noch ist es eine Empfehlung von Familie oder Freunden.

Es ist eine Reise auf Rezept, eine Reise an den Spülsaum der Republik.

Madame Benoît erklärt den ihr nahestehenden Personen, sie nehme eine kurze Umleitung in ihrem Leben, um wieder in Ruhe die eigenen Gedanken hören zu können. Weitere Ziele steckt sie sich aus Desillusionsfurcht nicht. Noch nicht.

sich selbst suchen

und die weite finden

das weite suchen

und sich selbst finden

Am Spülsaum

Vor dem Badehaus hängt eine Tafel an einem abgeschlossenen Strandkorb. Ungelenk wurden mit Kreide tagesaktuelle Daten und Zahlen notiert: 4. April, Hochwasser 11.39 Uhr, Niedrigwasser 5.39 Uhr, Wassertemperatur 8 Grad, Lufttemperatur 9 Grad. Das Wort Badezeit wurde durchgestrichen.

Ich stehe in der Nordsee. Das kalte Salzwasser geht mir bis zum Schritt, und ich halte kurz inne. Einige der Frauen sind mutiger und schwimmen schon in der See. Ich schaue zur Therapeutin, sie nickt mir zu. Sie zeigt mir, dass ich die Arme vor der Brust verschränken und mich dann weiter trauen soll.

Ich tue es. Die Kälte weicht einer unglaublichen Euphorie. Ich fühle mich lebendig, gesehen und wach, obwohl ich es nur einige Sekunden aushalte, das kalte Wasser bis zu den Schultern zu spüren.

Dann wate ich wieder an den Strand. Glücklich. Beseelt. Was ist das eigentlich für ein Wort? Beseelt! Ist meine Seele beseelter als sonst? Oder mache ich mir gar etwas vor? Ist es der Gruppenzwang? Oder sind es die Hormone, die nun meinen Körper fluten und mir Glück vorspielen? Warm ist mir. Das merke ich ganz direkt. Und ich spüre Stolz.

Ich nehme mich seit langer Zeit endlich wieder wahr. Ich, die vor lauter Gedanken und Terminen im Kopf sich selbst vergessen hatte. Ich, die eigene Gefühle ignorierte, um nicht stillzustehen - aus Sorge, andere zu enttäuschen. Ich, die oft fror und immer wieder heißen Milchkaffee trank, um die Körpermitte, aber auch die Seele zu erwärmen. Ich, die daran festhielt zu glauben, dass der Milchkaffee das Feuer wieder entfache, welches zunächst immer schwächer wurde und dann erlosch. Ich, die sich ständig verglich, als wäre der Alltag ein Wettbewerb. Ich, die kein einziges Wort mehr richtig lesen und aufnehmen konnte. Ich fange endlich an, mich selbst zu lesen. Nicht mehr lesen zu können, war Symptom und Diagnose zugleich.

Ich stehe auf dem nassen Sand und spüre mich. Ich schaue mir die Personen an, die sich mit mir im Bikini oder Badeanzug, mit oder ohne Mütze bei frischem Wind von Osten an den Strand gewagt haben. Wir haben alle etwas gemeinsam. Wir sind vom Leben erschöpft.

Theo

Theo kommt und legt sich auf mich. Ich atme ruhig und leise, doch nun wird mein Atmen schneller. Theo nimmt mich ganz und gar und schnell. Er wartet nicht, bis ich bereit bin. Mittlerweile lasse ich es zu. Theo ist wie ein Zug, der anrollt, wenn ich es am wenigsten erwarte. Das ist gelogen. Es ist klar, dass Theo kommt. Dass Theo mich ausfüllt, mich wie eine Fahne im Wind hin- und herbewegt und mit mir macht, was er will.

Ich habe der Erschöpfung einen Namen gegeben. Theo heißt sie. Ein männlich geprägter Name für ein weibliches Nomen. Das gefällt mir. Theo gefällt mir weniger, obwohl ich den Namen eigentlich mag. Ich dachte sogar darüber nach, meinen Sohn, den ich nie gebar, Theo zu nennen. Theo, Gottes Geschenk. Theo raubt mir den Schlaf. Theo nimmt so viel. Gott ja auch. Passt also. Obwohl ich Gott bei der Namenstaufe meiner Erschöpfung gar nicht im Sinn hatte.

Interessant ist, dass Theo und mein Körper zusammenhalten. Sie scheinen eher zu wissen, was ich brauche, als ich selbst. Also eher als mein Kopf. Meine Seele. Ich kann noch so müde sein, es gibt immer etwas zu tun. Weitermachen. Ausgeruht wird erst, wenn der Tag der Dunkelheit nachgibt und die Anderen die Rollläden herunterlassen. Vorher noch Wäsche waschen, Esszimmertisch und Kinderpopos abputzen, die Dekoration auf dem weißen Sekretär vor der grauen Wand arrangieren.

Theo arrangiert mich. Wenn du es nicht schaffst, dich endlich um dich zu kümmern, so scheint er lautlos zu schreien, so kümmere ich mich um dich.

Theo brüllt mir ein leises Summen so laut in beide Ohren, dass mir schwindelig und jede Stille und jeder Lärm zur Qual wird. Theo zerrt an mir, bis sich meine Muskeln verknoten; im Bahnhof der entspannten Zwischenstationen nach der Anspannung, hält er nicht mehr.

Jede Frau hier am Strand hat ihren eigenen Theo, ihre eigene Geschichte, ihre eigenen Sorgen und Lachfalten. Alle diese Frauen sind schön. Sie trotzen dem Leben, der Liebe und jetzt gerade dem Ostwind am Strand. Sie bieten Leben, Liebe und Wind die Stirn und lachen. Ich mag Frauen mit Lachfalten. Männer auch. Sehr sogar, aber das ist ein anderes Kapitel.

Es gibt Frauen, bei denen sich das Leben in den Augen, aber auch rund um die Augen ablesen lässt. Alter egal, völlig unwichtig. Wie eine Geheimschrift, wie eine wundersame Botschaft, die nur die anderen erschöpften, liebenden, lachenden Frauen erfassen können. Zur Dekodierung ist Feinfühligkeit sehr nützlich. Alle erschöpften Frauen haben Erfahrung mit Feinfühligkeit. Vor allem mit ihrer ureigenen.

Feinfühligkeit

Du musst ein dickeres Fell bekommen. Augen zu und durch. Da musst du härter durchgreifen. Sei doch einfach zufrieden. Ehre, wem Ehre gebührt - dir gebührt sie nicht! Die Sätze prasseln wie Regentropfen auf meine Feinfühligkeit herab. Immer und immer wieder drehe ich diese Sätze auf meinem mittlerweile nassen Kopfkissen hin und her. Ich drehe mich mit. Mein Kiefer ist so angespannt, dass nicht einmal mehr das Aufeinanderpressen von Zähnen Erleichterung verschafft. Meine Zunge saugt sich am Gaumen fest. Unbewusst. Im Schlaf, beim Autofahren, beim Arbeiten, beim Denken. Manchmal merke ich es und löse sie. Im Schlaf kann ich das nicht. Tagsüber merken es dann mein Kiefer und mein Nacken. Meine Schultern strahlen es in meinen ganzen Körper. Wenn schon verspannt, dann richtig. Eine Perfektionistin macht keine halben Sachen.

Meine Feinfühligkeit fühlte sich schwach und falsch an. Oft fühle ich das immer noch. Ich will diese Eigenschaft in etwas Starkes, Posi-

tives wandeln. Ich will sie annehmen und nicht
mehr verfluchen. Ich habe ein feines Fell. Ich
kann mir noch so oft die Haare kämmen oder
färben oder mit Haarspray besprühen, mein
Fell bleibt mein Fell. Mit der Haut ist es ähnlich. Puder über getönter Tagescreme über Au-
genpflege über Reinigungsmilch helfen nicht,
um in anderer Haut zu stecken. Aber wenigs-
tens fühle ich mich wohler in diesen Schichten.
Ich gönne sie mir. Ich staple sie genau wie
meine Zertifikate. Bildung ist meine Form der
Rebellion. Am Strand bei Ostwind mit Sonne
und Regen im Wechsel, verwaschen alle Schichten. Dem Meer ist es völlig egal. Uns Frauen
mittlerweile auch.

Bevor wir uns ins Meerwasser aufmachen,
stellen wir uns am Spülsaum auf. Das ist dort,
wo die Wellen auf den Strand treffen und sich
Angespültes am sandigen Boden sammelt. Hier
ist der Salzgehalt der Luft am höchsten. Dreißig
Minuten spazieren am Spülsaumrand gilt als
Therapie. Wir Frauen am Rande des Spülsaums
bilden eine Einheit. Wir versammeln uns im
Kreis. Die Anspülungen unter oder neben unseren Füßen sind teilweise mehrere Jahrtausen-
de alt, unsere Gedanken und Sehnsüchte auch.
Nach den Vorgaben unserer Leiterin klopfen

wir erst uns selbst und dann einander warm,
wir klopfen uns auf die Schultern, auf die
Schenkel. Zaghaft, dann stärker. Klopfen wir
uns Mut zu? Klopfen wir unsere Ängste heraus?
Wenn es doch so einfach wäre! Je stärker unser
Klopfen wird, desto mehr Strandbesucher dre-
hen sich zu uns um. Was für einen Anblick wir
auch geben: Frauen, die keine Mädchen mehr
sind, aber genau diese Mädchen immer in sich
tragen, in allen Arten bunter Bademode, Anfang April bei einstelligen Wasser- und Luft-
temperaturen am Strand. Kinder rufen: Ich will
auch schwimmen. Während des Versuchs, es
den eigenen Kindern auszureden, schauen auch
die Eltern zu uns herüber. Kann ich die Strandbesucher ausblenden? Schaffe ich es, ganz bei
mir zu sein? Meine blau-weißen Flip-Flops
schirmen meine Fußsohlen vor dem nasskalten
Sand ab. Alles an mir scheint blau-weiß zu sein.
Meine Lippen und die Haut unter meinen Fin-
gernägeln schimmern blau-weiß, der Badeanzug ist es sowieso. Wenn schon am Meer, dann
in blau-weiß. Die müden Augen auch, aber die
sind versteckt hinter meiner Sonnenbrille. Ich
liebe Sonnenbrillen.

Zu viert im Bett

Die Nächte sind entweder kurz oder unterbrochen. Theo hat seine Freundinnen gleich mitgebracht. Wir tummeln uns zu dritt, manchmal auch zu viert im Bett. Alle wollen befriedigt werden. Alle wollen das eine: Über mich herfallen, mich ganz und gar ausfüllen, mich zurechtlegen und dominieren.

Ich will nur schlafen. Ich will heute weder Theos Schwere auf oder unter meinen Beinen spüren, noch will ich das durch Theos Freundinnen mitgebrachte Herzrasen in meinem sich immer schneller hebenden und senkenden Brustkorb spüren.

Ich stehe auf. Die Heizung lärmt. Sie macht leise gurgelnde Geräusche. Ich drehe am Heizungsregelknauf, als ob das alles ändern würde. Mir fällt nicht einmal das richtige Wort für diesen Knauf ein. Der Gedanke lenkt mich kurz ab. Semantik ist eine wunderbare Ablenkung. Leider nicht für Theo, Timea und Pina.

Wer war zuerst da? Ich weiß es nicht mehr. Vielleicht war es Timea. Sie kam unbemerkt. Sie kam auch gerne tagsüber. Sie hielt sich an keine Abmachung und war und ist leider auch nicht sehr sozial.

Timea ist Angst. Timea kommt alleine, doch niemals solo. Timea ist auch kein gruseliges Fürchten, sondern sie ist eine leise, beständige Angst mit vielen weiteren kleinen Angstanhängseln: Angst vor Entscheidungen; Angst, das Falsche zu sagen; Angst, sogar das Falsche zu denken; Angst, nicht gebildet genug zu sein, Angst aus dem mühsam aufgebauten Leben zu fliegen oder gar aufzufliegen. Und dann ist da auch noch die Angst vor eben diesen und weiteren Ängsten.

Versuche, Timea zu ignorieren, sind unmöglich. Es geht nicht. Timea ist einfach immer da. Sie gehört zu mir, sie hat Macht. Doch in ihrem Machtwahn ist sie nicht alleine. Theo und Pina sind auch da. Und ich stehe, sitze, liege, aufrecht oder gebeugt zwischen, neben, vor und hinter ihnen. Wir wälzen uns durch die verschwitzten Laken des Lebens. Wir bestreiten alle Positionen und Präpositionen gemeinsam. Theo, Timea, Pina und ich. Zu Hause ist oft mein Mann dabei. Ob er merkt, dass er mich teilen muss? Ob es überhaupt jemand merkt, dass ich nie alleine zu sein scheine?

Um 7.30 Uhr beim Kurs „Atmen und Bewegen am Strand" bin ich auch nicht alleine. Theo scheine ich für diesen Augenblick zurückgelassen zu haben, seine Eifersucht wird kommen. Aber Timea ist bei mir. Pina auch. Angst und Panik. Theos Freundinnen.

Pina

Ich halte mich an meiner rechten und linken Partnerin am Strand fest. Wir sollen einander halten, für einen kurzen Moment. Wir stehen auf einem Bein und sehen aus wie Flamingos. Mein Humor lässt mich nicht im Stich. Lachen kann ich merkwürdigerweise immer noch. Am besten über mich. Einen Augenblick später rennt jedoch Pina auf mich zu. Es war zu erwarten, dass sie mich auch am Spülsaum finden würde. Theo ist eine Petze. Mein Herz rast, kalter Schweiß will sich auf meinen Handflächen ausbreiten. Pina ist die Vermehrung von Timea. Panik ist für mich die vermehrte, vervielfachte Angst.

Die Frauen neben mir merken das gar nicht. Wie auch. Die Hälfte kämpft ebenfalls mit Lebensbegleitern, die ihre kleine und große Welt beherrschen, ihre ureigenen Theos, Timeas und wie sie alle heißen. Bei Therapeuten finden sich meist feinfühlige Personen. Und das ist ja auch das eigentliche Drama.

Ich komme nicht dazu, weiter darüber nachzudenken, warum Menschen mit mehr Gefühlen hier stehen, statt es denen zu überlassen, die anscheinend nichts fühlen und denen ein kaltes Bad in der Nordsee das empathielose Hirn gerne mal ausspülen sollte. Pina lässt es nicht zu, diese Idee weiterzuverfolgen. Ich muss mich auf meine Atmung konzentrieren und meine Füße fest auf den Sand stellen. Bei Unsicherheit brauche ich feste Erde. Sand tut es jetzt auch. Pina zu unterdrücken wäre kontraproduktiv. Ich lasse sie gewähren. Meine Finger verkrampfen sich, mein Kiefer steht unter Vollspannung, die Schultern scheinen die Ohren zu berühren, mein Gesicht zu glühen. Ich atme aus und bin ruckartig erleichtert. Der Schwindel und die Übelkeit bleiben aus. Ich stehe immer noch am Strand. Die Panik hat sich nicht weiter in mir ausgebreitet. Diesmal nicht. Jetzt gerade nicht.

Völlig harmlos, machen Sie sich keine Sorgen. Keine Panikattacke bleibt länger als dreißig Minuten. Mir wird sofort klar, dass der hier zitierte Mensch noch nie zehn Sekunden mit Pina verbracht hat. Ich freue mich für ihn und lasse ihn in dem Glauben, dass er mich beruhigt hat. Mit Unwissenden zu reden, ist mir zu anstrengend. Also danke ich meinem Körper.

Meine Organe scheinen wieder das zu tun, was sie sollen. Wie Wellen, die die in den Sand geschriebenen Wörter, Wünsche und Liebesbekundungen während der Flut aufwischen, trägt heute der Meereswind Pina davon. Ich stelle mir vor, dass Pina wie eine Hochseefischerin Wörter und Wünsche aus dem Meer angelt und diese beim nächsten Besuch mitbringt.

Wörterwaben

Obwohl meine Bücherstapel im Regal am Bettkopfteil kaum kleiner werden, lese ich mehr denn je. Jede Frau birgt eine Geschichte und stellt sie zunächst auszugsweise vor. Ich kann es gar nicht erwarten, den Autorinnen zuzuhören. Je mehr Zeit wir miteinander verbringen, desto mehr Lebens- und Gedankenweltkapitel darf ich lesen. Die ähnlichen Gedanken beruhigen mich und schenken mir Hoffnung. Andere Kapitel bringen mich der Diversität des menschlichen Seins und dadurch paradoxerweise auch meinen eigenen Gefühlen näher. Manchmal machen sich neue Ängste auf den Weg.

Wörter helfen mir, eine Gefühlssortierung in Gang zu setzen. Wörter reichen. Wörter haben diese Macht. In die eine und auch in die andere Richtung. Schöne, heilende Wörter und Sprüche zu sammeln, gibt mir Kraft. Ich sammle sie in einem Notizheft. Diese Hefte, von denen ich immer viele kaufe, mich dann aber nicht traue, die erste Seite zu beschriften. Eines Tages habe ich mich doch getraut und angefangen. Nun bin ich eine Wörtersammlerin. Ich bin eine Biene, die in ihren Waben Wörter sammelt wie süßen Nektar. Wie in einem Poesiealbum, das ich immer nur an mich weitergebe.

Selten lese ich darin. Meistens nutze ich es nur, um neue Sprüche, Zitate oder Gedanken zu notieren. Akribisch schreibe ich Autor und Datum dazu. Ich hasse die Vorstellung, dass es heißt, ich könne nicht richtig zitieren. Ab und an wandert auch ein mir wichtiger Zeitungsartikel hinein. Der Gilb wird kommen, doch die Worte bleiben. Meine Schrift auch. Ich habe mir angewöhnt, einen blauen Füller mit dunkelblauer Tinte zu benutzen.

Nun sitze ich hier in meinem kleinen hellen Zimmer und beginne zu schreiben. Wie sehr mich dieses kleine Zimmer erfreut. Alles hier ist extra für mich hergerichtet worden. Eine Postkarte, die mit einem lächelnden Magneten an der Metallleiste über dem Schreibtisch hängt, grüßt mich mit den Worten: Schön, dass du da bist. Ich denke: Wie schön, dass ich hier sein darf. In dieser Ruhe. In einem Zimmer, an dem alles genau dort bleibt, wo ich es hingelegt habe. Allein sein ist für mich Luxus. Meine kleine Umleitungswohnung, die für die Reisedauer nur meinem Kofferinhalt und mir gehört. Wenn ich mich anstrenge, kann ich das Rauschen der Wellen hören, meist sind die Möwen jedoch lauter.

Es ist fast wie eine kleine Meditation, wenn mein blauer Füller über die Seite fliegt und die für mich gerade so bedeutsamen Sätze aus Wörtern und Buchstaben und Satzzeichen zusammenfügt. Dann fügt sich auch in mir etwas. Meine Wörterwaben füllen sich, und eine Süße breitet sich schon beim Aufschreiben honiggelb in mir aus.

Heute schreibe ich keine Zitate ab. Meine eigenen Gedanken fließen von meiner Hand in die Tinte auf das Papier. Ich konzentriere mich, eine kleine Unruhe kann ruhiger werden. Theo scheint völlig abgelenkt zu sein, die Möwen auch. Ich atme frische Meeresluft durch das offene Fenster.

Füße

Ausatmen. Einatmen. Wie jede Therapie ist diese Reise ein Weg, den ich langsam erkunden darf, doch mein Geschwindigkeitsregler steht noch immer auf Beschleunigung. Ich belege zu viele Kurse, renne zu oft in das Städtchen und an den Strand. Ich fahre mit dem Rad gegen den Wind und nehme alle Stufen, um oben auf dem Leuchtturm zu stehen. Diszipliniert will ich Entspannungsmomente gezielt einplanen. Mein Plan geht natürlich nicht auf. Ich muss mich endlich drosseln, um wirklich beginnen zu können. Hier kann ich es lernen.

Bei der Klimareiztherapie sollen zuerst nur die Füße das salzigraue, kühle Wasser spüren. Beim ersten Eintauchen schmerzen meine Füße. Jahrelang habe ich mir aus Sonnenbrille, Wollsocken, zu warmer Heizungsluft und groben Strickjacken einen Kokon der Behaglichkeit gebaut. Ich habe kompetent Wärmekollektoren um mich errichtet, um mich vor Sorten unterschiedlicher Kälte zu schützen. Diese Strategie hat mir einige Jahre durchaus geholfen.

Und dann gar nicht mehr. Wirklich Grenzen zu ziehen, ist nicht meine Stärke. Sonnenbrillen zeigen eine andere Wahrheit. Eine vermeintliche Coolness.

Die Frauen mit ihren aufgekrempelten Hosen waten teilweise lachend, teilweise still durch das Wasser. Manche waren schlau und haben elastische Sporthosen angezogen, die einerseits schnell hochzuziehen sind, andererseits auch schnell trocknen. Ich mache es mir mit meiner Jeans schwerer als nötig. Vorsichtig lege ich erste Gedanken und Gefühle, vielleicht auch schon ein wenig Trauer und Wut mit meinen Füßen vor die Füße des Meeres.

Es brennt. Die Zehen ziehen sich zusammen. Zwanzig bis vierzig Schritte im kalten Wasser zu laufen, sind zu Frühlingsbeginn mehr als genug. Mir kribbeln Füße und Kopf. Ich trockne meine Füße ab. Ich nehme das Kribbeln von Kopf und Füßen an. Der Wind erschwert es mir, nicht beim Abtrocknen in den Sand zu fallen. Eine andere Frau hilft mir, anschließend stütze ich sie. Diese kleinen Gesten verbinden und werden uns durch die nächsten Tage und Wochen tragen.

Für kurze Zeit reflektieren das Meer und die Sonnenbrillen der Frauen am Strand die Sonne, die schüchtern zwischen den Wolken nach dem Rechten zu schauen scheint. Wir halten unsere Gesichter in die behutsame Wärme. Hinter unseren Sonnenbrillen wirken wir fast lässig.

Ich will schön, lässig, cool sein. Dabei ist es das kleine Mädchen in mir, das sich einfach nur anpassen will. Nicht auffallen, keinen Ärger machen, Sonntagskleid zum Sonntagshut, freundliche Worte und leise Stimme, damit jeder und jede mich mag, damit ich mitschwimmen kann, damit ich mich ja nicht mit einer auffälligen Auffälligkeit verrate. Doch hinter den vermeintlich Halt gebenden Sonnenbrillen verstecken sich Augenränder und auch verheulte Augen. Halbmondförmige Klebestreifen liegen bei Vielen im Badezimmermülleimer. Kaktuswasser und Drachenfrucht steht auf den Verpackungen, Versprechen auch. Das Verquollene bleibt.

Meine Füße spüren nun die Socken und Schuhe. Sie werden warm. Langsam ist ein erster Anfang gemacht. Einatmen. Ausatmen.

Alma Mater

Wer warum hier ist, erschließt sich mir nicht sofort. Wir Frauen beherrschen das Täuschungs- und Beherrschungsspiel noch einige Stunden, teilweise Tage. Auch ich nehme mir Zeit, bevor ich mich verletzlich zeige und die Angewohnheit abstelle, alles zu bagatellisieren. Das Leben hat mir einiges vor die nun warmen Füße gestellt. Verantwortungen wurden mir vor die Füße geworfen, denen ich nicht mehr gewachsen war. Hier öffnet sich endlich ein Raum, um darüber zu sprechen und Verantwortung abzugeben.

Der Anfang ist niemals gleich, nur ähnlich. Hier am Strand verbinden Ähnlichkeiten. Das hilft. Wir sind alle Mütter. Das eint uns neben den Tatsachen, dass wir bereits sorgfältig unsere Kleidungsstücke in die Schränke auf Zeit gelegt und daheim alle Vorkehrungen für eine Zeit ohne uns getroffen haben. Unser emotionales Gepäck steht aber noch unausgepackt mitten in unseren Einzelzimmern.

Das Muttersein unterscheidet sich sehr vom Mutterwerden. Ich weiß das, aber es wird ganz und gar deutlich, als wir uns endlich trauen, einander von der eigenen Werdung zu berichten. Der sich in Sekunden wechselnde Ausdruck des Meeres ist ebenso unterschiedlich, wie die entstandenen Traumata zwischen Zeugung und Geburt, von denen ich hier erfahre. Sorgen, Ängste und Schmerzen wurden uns abgesprochen, als wisse eine außenstehende Person, wie eben jene Frau sich gerade fühlt.

Wut und Trauer über Organe, die ihre Pflicht nicht erfüllen, obwohl sie mit allen Stoffen angeregt und erregt wurden, sollten heruntergespielt werden. Ich merke, dass das aufwendige Hormonspiel diese Frauen und ihre Körper auf eine unendliche Reise mitgenommen hat. Diese erfolgreichen Hormonflutungen stellen auch nach Jahren einen ständigen Gezeitenwechsel in Oberkörper und Unterleib her. Die inneren Meeresbewegungen bleiben ein ganzes Frauenleben lang, ganz gleich, wie die persönliche Mutterwerdung anfing, oder ob sie überhaupt anfängt. Keine Mutter zu sein, ist nicht der Anfang, keinerlei Gedanken und Sehnsüchte an eben dieses nie gezeugte Wesen zu haben.

Mich wundert es, wie viele Frauen hier im Wind stehen, die aus den unterschiedlichsten Gründen nie in ihrem Schoß ein Nest gebaut haben und dennoch aus Mündern Mamarufe zu hören bekommen. Die Vorfreude und Naivität, zunächst fremden Kindern ein Haus auf Zeit oder für immer zu schenken und mit Liebe allem zu trotzen, erfüllt, bis die Erfüllung der Alltagsrealität weicht. Hormonflutungen und innere Meeresbewegungen machen keinen Halt vor nicht zeugenden oder nicht gebärenden Körpern.

Wir wurden zu schnell, zu langsam, zu wenig oder zu viel Mutter. Wir wurden gar nicht Mutter. Wir alle sind hier mit unseren unterschiedlichen Ähnlichkeiten am Strand und sprechen endlich aus, was wir nicht mehr unter oder in unseren Herzen tragen und ertragen können. Ich spüre bewusst mein Herz in meinem Oberkörper schlagen. Ich danke, dass es nicht davonrast.

Oberkörpergewöhnung

Auf meinem Therapieplan steht Oberkörper-
gewöhnung. Was für ein Wort! Mein Oberkörper ist einiges gewohnt. Von kindlichen Kitzel-
attacken und Umklammerungen, väterlichem
Schulterklopfen, sterilem Abhören, Abtasten
und Einquetschen diverser Oberkörpermaterie,
bis hin zu liebevollen Umarmungen und inti-
men Sinnlichkeiten.

Mein Nacken scheint einen direkten Kontakt
zu meinem Unterkörper zu haben. Die richti-
gen Berührungen an dieser Schnittstelle zwischen Kopf und Körper berühren meine Seele,
wecken Verlangen und Begehren, lassen eine
Sonne in mir derart farbig untergehen, dass
auch die letzte Nervenfaser von einem Farben-
meer überschwemmt wird.

Ich stehe wie gefordert im Badeanzug und
mit aufgekrempelter Hose im Meer. Die Wellen,
die gar keine Wellen sind, sondern kleine Falten, die langsam von einer unsichtbaren Hand
glatt gestrichen werden, falten sich noch einmal

dort, wo meine Füße eintauchen. Bei mir entstehen sicherlich auch Falten, wenn ich jemanden in den Ozean meiner Gedanken aber auch in mein Körpermeer eintauchen lasse. Es entstehen dann diese Linien, die mich vom Leben zeichnen, die mir meine eigene Geschichte wortwörtlich auf den Körper schreiben.

Ich strecke meine nackten Arme dem Wind und der salzigen Luft entgegen. Es fühlt sich gut an. Der kühle Wind haucht mir dort, wo mein Badeanzug meinen Oberkörper nicht bedeckt, eine Botschaft zu, die ich noch nicht verstehe.

Wind und Meer schreien mich lautlos an, beide wollen eine Affäre mit mir beginnen: Zieh dich aus, leg dich in uns hinein, damit wir dich betören und betäuben, halten und packen können. Lass es zu, lass uns gewähren, um dir schließlich eine Pause zu verschaffen, von der du noch gar nicht weißt, dass du sie brauchst, und aus der du stärker hervorgehen wirst.

Ich nehme das Schreien nicht wahr. Ich fühle mich gut, so gut sogar, dass ich das aufgenommene Selbstporträt in der Halbnahaufnahme mag und bereits nach nur einer Bearbeitung mit Grüßen, als wäre ich im Urlaub, versende.

Ich darf mich also selbst nicht wundern, dass die Empfänger genau dies denken: Madame Benoît ist im Urlaub; Umleitungsurlaub zwar, aber Urlaub.

Bergauf zum Meer

Eine Umleitung am Meer ist ein Weg, um das im Wind wehende Gras am Dünenrand endlich wieder wahrnehmen zu können. Umleitungen kosten Zeit und Geduld sagen die einen, Umleitungen schenken Zeit und neue Einsichten die anderen. Ich gehöre erfreulicherweise zu den anderen.

Vor der Reise war ich nur noch damit beschäftigt, permanent bergauf zu fahren, um oben anzukommen. Der Energieaufwand war enorm, denn der Berg wurde beim Fahren immer höher. Ich kam nicht auf die Idee, auszusteigen und mir den Bergpass genau anzusehen. Ich wusste nicht, wann ich das letzte Mal getankt hatte. Die Instrumente zur Richtungsanzeige bat ich nicht um Hilfe. Ich wollte es alleine auf den Gipfel und über den Berg schaffen. Paradoxerweise wusste ich gar nicht, warum ich das unbedingt wollte und was ich mir von der Bergbezwingung erwartete. Ich dachte wie eine Süchtige nur daran, Erwartungen zu erfüllen, die wahrscheinlich nie jemand direkt an mich gestellt hatte und die ich doch stets zu hören vermutete.

Im Vollgasmodus konnte ich mich nicht ausrichten. Ich wusste weder, wo die Sonne stand, noch ob und wo und welche Sterne leuchteten. Ich fuhr mein Gefährt Tag und Nacht, bei Wind und Regen, bis ich im Matsch festsaß. Ich gab alles und wollte mit durchdrehenden Rädern dort wieder herauskommen. Selbst als der Lärm in meinen Ohren und das Rasen meines Herzens die Motorengeräusche übertönten, verbrannte ich quietschend und dampfend weiter teuren, die Sinne vernebelnden Kraftstoff. Dann kam Kritik von der Seite, und ich brach am Steuer zusammen.

Mein Körper wusste es eher als ich selbst. Er unterband eine weitere Bergbesteigung. Er rief instinktiv die Bergwacht. Diese schickte Theo, Timea und Pina in voller Ausrüstung los.

Arbeit an sich selbst ist kein Urlaub, ist kein Vergnügen, auch wenn ich hier durchaus schmunzeln und lachen kann. Wir wunderbar verwirrten und unkonzentrierten Frauen verwechseln Räume und Uhrzeiten, verschlafen Termine und Verabredungen, finden Orte und

Geschäfte nicht mehr wieder, sogar unterschiedlich neonfarbene Walkingstöcke wechseln öfter die Besitzerin als uns lieb ist.

Ich lache und weine mich also am Rande des Spülsaums entlang. Schließlich lasse ich mich vor Therapeuten und anderen Frauen fallen, und kann endlich zugeben, dass ich überfordert bin. Zusammen mit meinen Emotionsstürmen wehe ich über die Insel und fühle mich dabei frei, wie schon lange nicht mehr.

Osterfeuer

Mein Ziel, endlich meine Gedanken wieder zu hören und zu sortieren, hat mittlerweile Geschwister bekommen. Ich möchte akzeptieren, dass ich Theo, Timea und Pina nun beständig in mir tragen werde. Es liegt auch an mir, wie wir Ebbe und Flut zusammen meistern. Hier am Meer kommt mir sogar die Idee, dass ich mich bei den dreien bedanken kann. Sie waren und sind mein eigenes Sturmwarnsystem. Ich bin liegengeblieben, aber ich stehe nun langsam wieder auf.

Ich traue mich kaum, weitere Ziele zu formulieren, denn ich ahne, dass es nicht nur eine Reise ans Meer braucht, um diese Vorhaben zu erfüllen. Dennoch schreibe ich sie auf, denn es tut gut, sie auf dem Papier zu lesen:

Ich möchte herausfinden, was mir wirklich gut tut. Ich möchte mich akzeptieren, wie ich bin, und dennoch weiter an mir arbeiten. Ich möchte besser Grenzen setzen und ohne schlechtes Gewissen Nein sagen können. Ich möchte nicht egoistisch werden, aber achtsamer und fürsorglicher mit mir selbst umgehen. Ich möchte Menschen ehrlich sagen können, dass ich sie liebe oder dass ihre Worte mich verletzen. Ich möchte meine Ängste an die Hand nehmen, knallgelbe Gummistiefel anziehen und lachend mit ihnen durch das Watt stiefeln, ohne mich zu fragen, was die anderen über mich und diese Stiefel denken.

Wir Frauen sitzen zusammen und sammeln Begriffe, die uns helfen aufzutanken. Begriffe im Außen fallen uns eher ein, als Begriffe, die uns im Innern berühren. Es fallen Wörter wie Natur, Familie, Freunde, Musik, Essen, Reisen und Kultur. Zaghaft ergänzt jemand Anerkennung, Ruhe, Glauben, Schlafen, Nichtstun. Zuletzt werden schließlich Zärtlichkeit und körperliche Liebe genannt. Das Bedürfnis, körperlich geliebt zu werden, stellen wir scham- und zaghaft hinten an, obwohl es zu unseren Grundbedürfnissen gehört. Wie traurig, denke ich.

Verschiedene Glaubenssätze haben uns jahrelang von den unterschiedlichen Bedürfnissen ferngehalten. Dabei wissen wir genau, was uns gut tut. Ich weiß auch genau, was mir gut tut.

Die Reise hilft mir, dass sich mein Körper und meine Seele jetzt wieder daran erinnern und darauf besinnen können. Die Antworten, die Zündstoffe, sind wie das Gedächtnis meiner Muskeln längst in mir.

Auf der Insel fangen kleine und große Osterfeuer, genährt von der kalten, salzigen Frühlingsluft, zu brennen an.

Liebe

Ich spaziere alleine am Spülsaum entlang
und sammle Muscheln. Plötzlich denke ich an
die Liebe: Ich habe eine Muschel gefunden und
hoffe, sie für immer zu behalten. Die Muschel
fühlt sich in meinen Händen gut an. Die kanti-
gen Rillen passen zu den meinigen. Kleine Un-
ebenheiten machen die Muschel zu etwas ganz
Besonderem und interessant. Konservative Lie-
besdreifaltigkeitsgedanken und Begierde berau-
schen mich. Ich will, dass die Muschel mich
liebt, achtet und ehrt. Später, viel später, erken-
ne ich, dass zum Rausch auch die Nüchternheit
gehört. Ich will mir die Muschel immer wieder
an mein Ohr halten, um das Rauschen zu
hören, um mich unserer Gefühle zu vergewis-
sern. Im Alltag und im stetigen Austausch mit
Theo, Timea und Pina fällt mir das schwer. Be-
dürfniserfüllungen erwarten Kommunikation
von beiden Seiten. Doch ich will nur schweigen.
Ich will Ruhe und Lärm und Nähe und Weite,
ohne es sagen zu müssen.

Muscheln können sich derart in den Rillen der anderen verhaken, dass sie sich gegenseitig den Raum zum Wachsen nehmen. Andere Muscheln sehen ihre Finderin gar nicht wirklich, nehmen sie ganz anders wahr als sie sind. Umgekehrt auch. Nicht jede Finderin dreht die Muschel um und schaut, wie bunt, weiß oder eingekerbt sie auf der anderen Seite aussieht. Ich denke an Paare, bei denen das Für-Immer letztlich auf 5, 12 oder 18 Jahre gekürzt wurde. Die Rillen passen nicht mehr zusammen. Passten sie je? Schillernde Oberflächen, die zunächst beeindruckten, sind nur Ölfilm. Manchmal zwingen sich andere Körper zwischen Ohr und Muschel. Manchmal fängt alles mit hoffnungsvollen Beschwichtigungen wieder von vorne an. Manchmal geht es weiter, weil die eigenen Bedürfnisse anders, oft heimlich, erfüllt werden. Trennungen nach jedweder Vorgeschichte stelle ich mir wie einen Muschelwurf ins Meer vor. Der Wurf ist mit hohem Kraftaufwand verbunden, letztlich notwendig, ehrlich und befreiend. Das erkennt die Muschelwerferin aber erst später, vor allem, wenn sie sich eher als Wurfgeschoss fühlt. Viele der Frauen hier am Meer haben einen Wurf hinter sich. Für mich wirken sie seltsam stark und schlau. Sie scheinen nun wachsamer am Strand entlangzugehen. Sie wählen beim nächsten Sammeln bedachter, sieben mit ihrem feinen Seelensieb sorgfältiger und greifen mitunter doch wieder völlig daneben. Es gibt viele miese Muscheln am Strand des Lebens.

Frauen sind sich ihrer Rolle als Finderin bewusst, setzen mit absichtsloser Mutwilligkeit ihre Reize ein. Es kommt vor, dass sie eine Muschel aufheben, um über den vorherigen Muschelwurf hinwegzukommen. Muscheln werden zu Trennungsbegleitern. Manchmal sind sie Trennungsvorbereiter. Manchmal sind sie einfach nur ein körperschmeichelnder Sorgenvertreib, weil die Finderin ihn gegenwärtig braucht und will. Hier am Strand findet keine Wertung statt. Die Frauen erzählen dem Meer und einander ihre Liebesgeschichten; oft zum allerersten Mal. Eine verwundbare Offenheit entsteht. Die Liebe zu Männern haben wir Spülsaumfrauen alle gemein. Die Liebe zu uns selbst suchen wir, versuchen sie wiederzuentdecken, wiederzuentfachen und somit auch der Liebe zwischen den Geschlechtern auf die Spur zu kommen; ein verdammt leidenschaftlicher Teufelskreis.

Bewegung

Ich drehe mich im Kreis und stehe auf der Stelle. Ich lasse meine Arme sanft neben meinem Körper hängen. Dann drehe ich meinen Oberkörper von rechts nach links, ohne dabei das Becken zu bewegen und die Trainerin aus den Augen zu verlieren. Ich stehe mit 18 Frauen am Strand. Das Meeresrauschen gibt noch den Takt vor.

Ich mache Umstände, war aber nie in welchen. Eine bekannte, gern von mir verdrängte Melodie erklingt wieder in meinen Ohren. Eine Freundin erzählt mir am Telefon von Tritten gegen ihre innere Bauchdecke. Obwohl sie sonst nüchtern und technisch beschreibt, nutzt sie nun Vergleiche von kleinen, weich zerplatzenden Blasen. Die Trainerin sagt: *Du bist eine Göttin, du hast Leben geschenkt.*

Das Telefonat sowie dieser wohlgemeinte Satz werden zu meinem persönlichen Konzertanlass. Timea übernimmt das Dirigat. Ich zeige nach Außen Freude, sogar Ausgeglichenheit.

Das Orchester spielt. Ich will mir nicht die Blöße geben und nun den Saal verlassen. Ich brenne weiter aus, verdränge und freue mich lieber, als mir meine eigene Verletzlichkeit einzugestehen oder sie gar zu zeigen und zu benennen.

Du bist eine Göttin, du hast Leben geschenkt. Ich nicht, denke ich beim Yoga am Nachmittag und stelle tatsächlich zwischen zwei Bewegungen meine Daseinsberechtigung infrage. Aber die Bewegungen, die meinen in verschiedene Richtungen verformten Körper wieder ausrichten sollen, richten allmählich auch der Dirigentin etwas aus. Bevor Timea ein weiteres Stück anspielt, recke ich die Krone, die ich mir auf meinem Kopf vorstellen soll, aufrecht dem Himmel entgegen und habe erfreulicherweise einen neuen Gedanken: Wessen Genetik meine Kinder auch in sich tragen, ich trage sie ein Stück auf ihrem Weg des Größerwerdens. Dieser Weg ist wunderschön bunt, aber oft auch steinig, grau, uneben und voller Überraschungen.

Die Frauen erzählen von Liebe, aber auch ehrlich von Herausforderungen, Überforderungen und Schicksalsschlägen. Ich höre zu und finde Bücher, die meinem ganz ähnlich sind. Ich fühle mich nicht mehr so alleine im Bücherregal. Gierig stürze ich mich auf Literaturempfehlungen. Dankbar nehme ich alles in mich auf, in der Hoffnung, damit leichter auf dem noch vor mir liegenden Weg weiterzugehen.

Während ich mich zum Abschluss der Yogastunde schließlich bei mir selbst bedanke, überkommt mich die Einsicht, dass wahres Leben nicht nur an Geburtstagen verschenkt wird. Ich schenke Leben, indem ich ein Lächeln aussende, Hilfe anbiete, jemandem bewusst zuhöre und ein liebes Wort oder eine Umarmung verschenke. Und mir wird Leben geschenkt, wenn ich eben all dieses auch annehme. Ich bin es wert. Ein neuer Weg liegt vor mir. Alles ist in Bewegung.

Geburtstagsschrei

Ich laufe unausgeschlafen in den Früh-
stücksraum und werde mit einem selbstgeba-
ckenen Kuchen und vielen liebevoll ausgesuch-
ten Geschenken überrascht. Die anderen Frau-
en haben an meinen Geburtstag gedacht und
lassen mich hochleben. Ich will in diesem Bad
in der Menge am liebsten untertauchen.
Warum muss ich ausgerechnet jetzt im Mittel-
punkt stehen? Bin ich rehabilitiert genug, um es
zu genießen? Es ist wie eine Art Generalprobe,
ob ich dem Auftritt auf der Lebensbühne wieder gewachsen bin. Die Aufmerksamkeit ist an-
genehm und unangenehm zugleich. Ich weiß
oft gar nicht, wo ich hinschauen oder wie ich
angemessen reagieren soll. Also reagiere ich,
wie ich es für richtig halte. Alle sind entzückt.
Ich mache wohl eine gute Figur; trotz oder eben
wegen meiner neuen Lebenszahl. Überraschen-
derweise entscheide ich mich, nun bewusst alle
guten Wünsche anzunehmen und in den persönlichen Worten, den vielen Sprach-, Wort-
und Bildnachrichten zu baden.

Der ganze Tag wird unter dem Motto Baden stehen. Um viertel nach elf gehen wir Frauen mit unserer erfahrenen Leiterin in das Badehaus. Seit 22 Jahren begleitet sie Frauen wie mich an den Spülsaum, in das Meer, wieder heraus und weit darüber hinaus. Ihre Worte sind von derart fröhlicher Leichtigkeit, dass ich nicht nur meine Alltagskleidung abstreife, sondern auch meine Schwermütigkeit an den Haken in der Umkleide hänge. Je mehr nackte Haut ich zeige, desto weniger müde bin ich. Mein Badeanzug ist im Nacken geknotet, meine Schulterblätter liegen frei. In den 1930er Jahren hätte ich mit dieser Bademode einen Skandal ausgelöst und Strafe zahlen müssen.

Ich laufe mit den anderen den wieder von der Ebbe frei gegebenen Strand entlang zum Spülsaum. Dort stehen wir erneut im Kreis. Ich stehe absichtlich mit Blick auf das Meer. Ich muss wissen, wie die Geschichte weitergeht. Überraschungen bereiten mir oft Unbehagen anstatt Freude. Gänsehaut klopfe ich weg. Timea atme ich kraftvoll aus. Die Übungen der Leiterin sind für mich heute selbstverständlicher als noch vor zwei Wochen.

Ich klopfe mir mit meinen Fäusten auf den Oberkörper oberhalb der Brust. Ich meine lauter zu schreien als die anderen Spülsaumfrauen. Nun bin ich endlich laut und stark, auch wenn sich mein Gesicht dabei sicherlich unschön, aber sinnvoll verzieht. Ich schreie, wie ich die letzten Jahrzehnte nicht geschrien habe. In diesem Schrei liegt alles, was ich schon immer loswerden wollte. Mein Ballast aus der Vergangenheit löst sich aus der Tiefe meines Bauches. Letzte Nacht schmerzten noch Ballast und Bauch und haben mich wachliegen lassen. Ich schreie heraus, was ich immer schon sagen wollte, mich jedoch nie getraut habe. Ich formuliere es nicht aus, aber ich weiß, dass der Wind mich versteht und diese archaischen Laute später wieder zu einer Melodie zusammensetzen wird.

Rausch

Aufgewühlt von meinem eigenen Mut und meiner Kraft schreite ich zur Niedrigwasserkante. Dort krempeln sich die Wellen immer wieder um und amerikanische Schwertmuscheln graben sich dort ein und aus, um zu überleben und ihre Invasion voranzutreiben. Ich bleibe kurz stehen. Der gestrige Spülsaumspaziergang mit der Meeresbiologin hat mich beeindruckt und hallt in mir nach. Dass Miesmuscheln und Austern dieselbe Perlmuttschicht ziert, hat mich auch fasziniert. Ob ich das Kapitel Liebe noch einmal umschreiben sollte?

Diese Überlegungen helfen mir, die Kälte an meinen Füßen, Waden und Oberschenkeln auszublenden und weiterzugehen. Die Leiterin lächelt mich an, und die Frühlingssonne bricht durch die Wolkendecke, als wollten sie mir beide zusprechen: Trau dich! Du bist deine eigene Sonne, aber wir unterstützen dich. *Amazing things can happen, if women support women.*

Die Texte aus meinen Wörterwaben nehmen Realität an. Um mich herum schreiten die anderen mutigen Sonnen in das Wasser. Manche bleiben stehen, manche lassen sich fallen und für eine kurze Zeit treiben. Ich höre Lachen, Möwen, Wellen.

Mir reicht das kalte Wasser bis an den Schritt, und plötzlich wird alles ruhig. Das Meer und ich gehen eine intime Verbindung ein. Das dunkle Salzwasser scheint nun auch meinen Oberkörper zu wollen. Ich gebe mich hin. Ich laufe weiter und weiter, verschränke dann selbstbewusst die Arme und tauche meine Schultern hinein in die aufgewühlte See.

Ich werde zu einer Seehündin. Nur mein kleiner heute unbemützter Kopf ragt aus dem Wasser. Ich verharre und nehme die erste Welle; vielmehr nimmt sie mich. Ich nehme erst die zweite ganz deutlich wahr.

Das Meer und ich sind für einen kurzen Augenblick gleichberechtigt und gleich stark. Ich denke an nichts. Ich bin einfach nur ich; für zwei Sekunden, vielleicht auch für zwanzig.

Dann wache ich aus meinem Sekundenmeeresrausch auf und renne überschwänglich zurück an die Niedrigwasserkante, an den Spülsaum, an den Strand, über den Sand zurück ins Badehaus.

Mir wird warm.

Epilog

Madame Benoîts Koffer ist schwerer auf der Rückreise. Im Koffer befinden sich neue Einblicke und Erkenntnisse sowie Akzeptanz und Aufgaben für die Zukunft.

Natürlich konnte Madame Benoît nicht an den Buchhandlungen, dem Geschäft mit dem bunten Schal und den hochwertigen Andenken vorbeigehen. Madame Benoîts Minimalismusvorhaben weicht vor allem ihrem Bestreben, Menschen mit den passenden Geschenken ein Lächeln ins Gesicht zu zaubern. Mittlerweile zählt sie sich ebenso wieder dazu.

Dennoch scheint sich der Koffer auch leichter anzufühlen. Madame Benoîts Muskelspiel ist gestärkt durch die vielen Übungen und Bewegungen auf dem sandigen Boden. Sie läuft gerade mit aufrechten Schultern. Ihre Gesichtszüge sind entspannt, ihr Becken ist nach vorne angehoben und ihre offensichtliche Weiblichkeit somit nicht versteckt. Wer sie zum ersten Mal sieht, schreibt ihr das Adjektiv stolz zu. Ihr

Gepäck ist leichter, weil sie sich getraut hat, Verantwortung und Ballast, vor allem Ballast aus der Vergangenheit, dem Meer und dem Wind zu überlassen.

Jedes Nein zu jemandem oder etwas ist auch immer ein Ja. Ein Ja, vor allem zu mir selbst. Madame Benoît flüstert diese Sätze in die Luft und wird von ihnen getragen. Nicht leicht wie eine Feder, aber dennoch weniger schwermütig als noch zu Beginn der Reise, läuft sie achtsam ihrem Alltag entgegen.

***

Danksagung

Ich habe das große Glück mit wunderbaren Menschen auf der Welt zu sein, die mich mit einfühlsamen Worten durchs Leben begleiten, auch an dunklen Tagen für mich da sind und mir sogar mit meinen Lieblingsschokoladenpralinen viele arbeitsreiche Tage versüßen. Ich danke euch von Herzen für jedes offene Ohr, jede Kaffee- oder Sektpause, jeden Wein- und Spieleabend. Ihr wisst genau, wer ihr seid, und hoffentlich auch, was ihr mir bedeutet. Danke an meine Eltern, die immer hinter mir stehen. Besonderer Dank an L. für Liebe, Unterstützung und Freiheit. Flugküsse und feste Drücker an J. & S. Ihr seid beide unbeschreiblich! Ich danke meinen Spülsaumfrauen und allen, die sich von meinen Wörtern verzaubern lassen. Solange ihr lest, schreibe ich weiter.

Folgt mir gerne unter "Wörterwaben" bei Facebook oder Instagram.

NADINE RENTMEISTER

Nadine Rentmeister wurde 1982 in Nordrhein-Westfalen geboren. Sie ist Lehrerin und weiß, dass freundliche und liebevolle Worte viel bewegen können.
Mit ihrer hellblauen Schreibmaschine schreibt sie Affirmationen, Sprüche und Gedichte.
Unter "Wörterwaben" veröffentlicht sie diese auf Facebook und Instagram, um Menschen ein Lächeln ins Gesicht zu zaubern.
In ihrer Freizeit setzt sie sich für das Thema Inklusion ein, liest viel, fährt mit ihrer Vespa am schönen Niederrhein umher oder plant die nächste Reise.
Nadine Rentmeister lebt mit ihrer Familie im Ruhrgebiet.
"Spülsaumfrau" ist ihr Debüt.

Loved this book?
Why not write your own at story.one?

Let's go!

Zeitfracht Medien GmbH
Ferdinand-Jühlke-Straße 7
99095 Erfurt, Deutschland
produktsicherheit@kolibri360.de